I0730623

POÉSIES CORSES

PAR

G. FAURE.

Inauguration de la Statue de Napoléon Ier
L'arrivée en Corse.
Le Pêcheur de Bastia.
Mon Balcon.

BASTIA,

CHEZ L'AUTEUR, RUE NAPOLÉON, 18,
ET CHEZ M. FABIANI, RUE DE LA TRAVERSE.

1854.

POÉSIES CORSES

PAR

G. FAURE.

—

Inauguration de la Statue de Napoléon Ier
L'arrivée en Corse.
Le Pêcheur de Bastia.
Mon Balcon.

BASTIA,

IMPRIMERIE DE C. FABIANI.

—

1854.

I.

Lorsque par son génie ou par ses actions,
Un homme, aux temps passés, frappait les nations
De stupeur, d'amour ou de crainte,
C'était le rejeton, le sang des immortels;
Pour lui, de toute part s'élevaient des autels,
Et l'Olympe ouvrait son enceinte !

Il devenait Mercure, Apollon, Jupiter;
Il était dieu du feu, des combats, de la mer,
Des beaux-arts ou du labourage;
Il présidait au vin, aux fleuves, aux forêts,
Au soleil, à la nuit, aux jardins, aux guérets;
Dirigeait les vents et l'orage.

Si vingt siècles plus tôt il eût reçu le jour
Le héros dont le nom répand sur ce séjour
Tant de gloire et tant de lumière,
Il n'en faut pas douter, d'une commune voix,
Les peuples étonnés l'auraient tous, à la fois,
Proclamé le Dieu de la guerre.

II.

Lorsqu'il était enfant, un jour l'Ange de Dieu
Le prend entre ses bras, le transporte en haut lieu,

Et dit, en lui montrant l'Europe et ses royaumes :
« Partout, l'esprit du mal s'est emparé des hommes :
» Grands seigneurs, écrivains, rois, femmes, courtisans,
» Des plus folles erreurs se sont faits partisans.
» Ils ne croient plus à rien, outragent la morale,
» Au point que la vertu devient comme un scandale,
» Et que chacun réduit, au sein de sa maison,
» Tout devoir au plaisir, tout culte à la raison.
» Mais la mesure est comble ; et là haut sur leur tête,
» Enfant, lève les yeux ; le châtiment s'apprête. »

Et, sur un trône éblouissant
De rubis, d'or, de pierreries,
Était assis le Tout-Puissant,
Le front chargé de rêveries.
Ministres de ses volontés,
Des légions d'anges fidèles,
Tout prêts à déployer leurs ailes,
Étaient debout à ses côtés.

Le premier dit : — « L'heure est venue :
» Voulez-vous, Seigneur, que mon bras
» Ouvre, pour noyer ces ingrats,
» Les cataractes de la nue ?
» Le voulez-vous ?... le châtiment
» Sera l'ouvrage d'un moment,
» Et justice enfin sera faite. »
Le Seigneur secoua la tête.

— « Je suis l'Ange exterminateur,
Dit l'autre. « Je tire mon glaive ?
» Tout sera terminé, Seigneur,

» Avant que le jour ne se lève....»
— « C'est moi qui préparai le feu
» Qui brûla Sodome et Gomorrhe :
» Le foyer est fumant encore;
» Faut-il faire signe, ô mon Dieu? »

    — « Je livrai la grandeur romaine
» A la colère d'Attila.
» Les barbares sont encor là :
» Voulez-vous que je les déchaîne?
» Ordonnez, Seigneur; ils sont prêts;
» Et dans le fond de leurs forêts,
» Leurs coursiers sont sellés d'avance,
» Où faut-il marcher?.... est-ce en France? »

    — « Le dernier jour de l'univers
» Est-il venu, Bonté divine?
» Faut-il lancer quelques éclairs
» Par les soupapes dans la mine?
» Laissez-moi faire : en votre nom,
» La terre, sans laisser de trace,
» Va se dissoudre dans l'espace....»
Le Seigneur leur répondit : « Non!

    » Pour frapper dans leur égoïsme
» Ceux qui s'élèvent contre nous,
» Tous ces fléaux seraient trop doux....
» Déchaînez le philosophisme.
» Qu'il soit maître pour un moment :
» Que les lois, le gouvernement
» Lui soient abandonnés en France....
» Je ne veux pas d'autre vengeance.

» Toi, jeune enfant, prend dans tes mains
» Ce glaive que je te confie.
» Tu seras grand chez les humains,
» Et tu sauveras ta patrie.
» Relève le culte et la loi ;
» Éteins les discordes civiles ;
» Rends l'ordre aux champs, la paix aux villes
» Ne crains pas ; je suis avec toi. »

III.

Un nuage sombre
Couvre l'univers :
Du sein de son ombre
Sortent les éclairs.
Le tonnerre roule ;
Un trône s'écroule
Jadis glorieux.
Un prince pieux,
Dans d'affreux supplice
Est mort pour les vices
Des rois ses ayeux.

L'Aristocratie
Envain tend les bras :
La Philosophie
Ne l'écoute pas ;
Immole et renverse,
Détruit et disperse ;
Comme un vigneron
Poursuit le chardon
Qui couvre la plaine,
Et tue en sa graine
Jusqu'au rejeton.

L'Église éternelle
Succombe à son tour
Son clergé fidèle
Périt en un jour.
Le Maître Suprême
Est jeté lui-même
Sur le grand chemin ¡
Et l'orgueil humain
Sur l'autel s'élance,
S'adore et s'encense
De sa propre main.

La table était rase,
Passée au niveau.
Il faut une base
Au monde nouveau.
D'accord pour détruire,
Quand il faut construire
On forme deux camps :
Le sang par torrents
Coule sur la plage,
Comme , aux jours d'orage,
Les eaux dans les champs.

Et l'Europe émue
Dit avec courroux :
« La France est perdue ;
» La France est à nous ! »
Et près de nos portes
Ses mille cohortes
Ont choisi leur lieu,
Et se font un jeu,

Pour que l'agonie
Soit plus tôt finie,
D'attiser le feu.

IV.

Mais le Seigneur se lève et leur dit : « halte là !
» Enfant, voici ton heure... » Il répond : « Me voilà ! »
Et, sans perdre un moment, avec un saint courage,
Comme un vieux capitaine, il se met à l'ouvrage.
L'armée, en le voyant manœuvrer un canon
Lui dit : « Je t'attendais, et je savais ton nom :
» Je te suis ; en avant !.. » —
                    S'emparant de l'histoire,
Il fait, dès ce moment, pacte avec la victoire,
Fond sur les ennemis qui, devant ses drapeaux,
S'enfuient épouvantés comme de vils troupeaux.
Les habiles calculs des plus grands capitaines
Tournent, à son aspect, en déroutes certaines ;
Et leurs meilleurs soldats, tombant de leur hauteur,
Croient voir, quand il paraît, l'ange exterminateur.
Rien ne tient devant lui : la nature elle-même
Envain pour l'arrêter tente un effort suprême :
Les Alpes sentiront sur leurs sommets glacés
Les bataillons pesants, les caissons entassés ;
Et l'Annibal nouveau n'ira pas à Capoue
Éteindre sa vigueur dans l'orgie et la boue.
  Le suive qui pourra cet aigle audacieux
Qui, dans son vol, tantôt se rapproche des cieux ;
Tantôt, rasant les mers de ses ailes rapides,
Va se poser vainqueur au front des Pyramides,
Laissant sur son passage un sillon lumineux,
Dont sur tout l'Orient se répandront les feux.

Cependant la victoire et ses luttes funestes
Déciment ses soldats et menacent leurs restes ;
Et le Gouvernement, impassible à sa voix,
Refuse les secours qu'il réclame vingt fois.
On le craint, et l'on fait des vœux pour qu'il succombe,
Que le Nil le dévore et devienne sa tombe.
Il l'apprend, il s'élance, et, franchissant la mer,
Au milieu de Paris paraît comme l'éclair.
Le peuple avec l'armée acclame sa venue,
Et de ses cris de joie ébranle au loin la nue ;
Les faibles Gouvernants, muets à son aspect,
S'inclinent d'épouvante, autant que de respect :
« Qu'avez-vous fait, dit-il, Enfants à barbe grise,
» De cette noble paix que je vous ai conquise ?
» Où sont ces millions, dont mes vaillants soldats
» Ont rempli le trésor au prix de vingt combats ?
» Vous avez tout perdu, discoureurs incapables,
» Et vous recommencez vos luttes implacables !
» Et la Patrie en deuil voit, pour tout avenir,
» La discorde, l'exil, l'échafaud revenir !
» Assez ! retirez-vous.... Laissez des mains nouvelles
» Guérir les maux affreux produits par vos querelles.»
    Et Consul, il ramène, avec l'autorité,
L'ordre, l'économie et la sécurité ;
L'espérance revient ; tout renaît ; tout respire ;
Et les lois à la fin reprennent leur empire.
    L'Église n'était plus : ses prêtres dispersés
Pleuraient dans les cachots leurs autels renversés,
Ou, de Sinnamary victimes déplorables,
Traînaient dans les déserts leurs débris misérables.
Le Consul, l'homme fort et providentiel,
Dans ses mains aussitôt prend la cause du ciel :

Les temples sont ouverts ; et la France unanime
Applaudit, se recueille, adore et se ranime.

Sur le sol étranger, des proscrits malheureux
Imploraient leurs pays qui se fermaient pour eux.
On disait : « Prenez garde et craignez leurs cohortes ! »
— « Ils sont de la famille... Ouvrez, ouvrez les portes :
» Plus de tables d'exil, plus de proscription ;
» C'est la honte du siècle et de la nation. »
Et tous les Vendéens, attendris jusqu'aux larmes,
Déposent cette fois leur colère et leurs armes.

Pour fixer de chacun les devoirs et les droits,
Un jour il a conçu le code de ses lois.

L'enfance, abandonnée aux mains de la nature,
Grandissait au hasard, sans guide et sans culture :
De l'Université l'édifice immortel
S'élève en un clin d'œil à côté de l'autel.

Tristes, sans mouvement, sans chemins praticables,
Nos cités au commerce étaient inabordables.
Les routes aussitôt s'ouvrent de toutes parts ;
Les canaux sont creusés, et nos fleuves épars,
Associant leurs eaux jusque-là solitaires,
Du grand corps du pays deviennent les artères.

Rien ne peut échapper à son activité.
Après la Grande école et l'Université,
Cet Institut, la gloire et l'orgueil de la France,
De son cerveau puissant jaillit et prend naissance.

L'ordre était rétabli sur ses vrais fondements :
Mais le sol, agité de soudains tremblements,
Pouvait, en un seul jour de tourmente et d'orage,
Voir voler en éclats ce magnifique ouvrage.
Il fallait l'affermir.

Dans un scrutin fameux,
La France entière parle et proclame ses vœux ;
Et, de ses propres mains donnant le diadème,
Sur le front du soldat se couronne elle-même !
L'enfant d'Ajaccio, par un dernier succès,
Se réveille, un beau jour, Empereur des Français.

Et voilà, jeunes gens, ce que peut le génie
Soutenu par la foi, le travail, l'énergie !
Le trône cependant n'était pas cette fois
Un doux lit de repos, comme on l'a vu parfois.
A peine est-il debout, que le clairon résonne,
Et de tous les côtés le bronze éclate et tonne.
L'Europe frémissante avance l'arme au bras,
Et veut tenter encor la chance des combats.

Comme un lion, lancé par la meute imprudente,
Seul, à tant d'ennemis l'Empereur se présente,
Les atteint, les écrase, aux plaines d'Austerlitz,
Où deux puissants États sont presque ensevelis.
Dès-lors, dispensateur souverain des couronnes,
Il abat, comme il veut, ou relève les trônes :
Rois, soldats, nations, tout fléchit devant nous,
Et l'Europe tremblante embrasse nos genoux.

Hélas ! Pourquoi faut-il qu'ici bas sur la terre,
De la nature, un jour, chacun soit tributaire !
Celui dont tous les rois, coalisés entr'eux,
N'avaient pu soutenir le choc impétueux ;
Celui qui, s'appuyant sur un peuple fidèle
Et sur le dévoûment d'une armée immortelle,
Fût demeuré vainqueur, quand tout le genre humain
Pour lui livrer combat se fût donné la main,
Assailli par la faim, l'hiver et la tempête,
Perdu dans les déserts, sans appui. sans retraite,

Il hésite à son tour et, pour quelques moments,
Se retire vaincu devant les éléments.   [rance,
    Tout autre eût succombé : mais lui, plein d'assu-
Il court se retremper dans les bras de la France,
Enfante une autre armée ; et quand les ennemis
Viennent pour partager ce qu'ils se sont promis,
Lui, qu'on disait errant et perdu sans ressource,
Il se trouve debout, s'avance au pas de course,
Leur barre le chemin ; et, malgré leurs efforts,
Onze fois ses conscrits leur passent sur le corps.
    Inutiles succès ! Ce que dix ans de guerre,
Ce que de tant de rois n'avait pu la colère,
L'or et l'argent le font, hélas ! Napoléon
Est marchandé, vendu, livré par trahison !
Quelques judas de moins, et le Grand Capitaine
N'eût jamais illustré le roc de Sainte Hélène.
    Du reste, il le fallait... Ce héros, à coup sûr,
Ne pouvait succomber comme un mortel obscur.
A tout le merveilleux qui parfume sa vie,
Il fallait une mort pleine de poésie.
Qu'on supprime la Croix ; le Christ perd sur le champ
Ce qu'il a de plus grave et de plus attachant.
    Le privilége heureux qu'entraîne le génie,
C'est de communiquer une gloire infinie,
De jeter un reflet d'immortel avenir
A tout ce qui lui tient par quelque souvenir.
On va, pour retrouver la trace d'un grand homme,
Voir Memphis, Syracuse, Athènes, Sparte et Rome :
Eh bien ! un jour viendra, c'est ma conviction,
Noble pays de Corse, où chaque nation
Enverra ses enfants visiter vos rivages
Et faire sur vos bords de saints pèlerinages.

En vous voyant de loin, les fronts s'inclineront ;
En vous touchant, parfois les genoux fléchiront,
Et les yeux attendris se rempliront de larmes :
« Salut, vous dira-t-on, ô pays plein de charmes,
» Toi qui fus le berceau du plus grand des humains,
» Salut ! je puis mourir, je t'ai touché des mains ! »
    C'est qu'il fut grand celui dont, pour sauver la Fran-
D'un lait si généreux vous nourrîtes l'enfance ! [ce,
Aux champs de l'Italie, aux plaines d'Aboukir,
Général ou Consul, Empereur ou Martyr,
Seul, il a, par sa gloire et par ses destinées,
Occupé l'Univers pendant soixante années.
En lui, rien de commun : tout fut grand, inouï,
Et marqué d'un éclat dont l'œil est ébloui.
Aussi, de nos jours même, au sein du Paganisme,
Au bruit de tant d'exploits et de tant d'héroïsme,
La superstition lui rend, en plus d'un lieu,
Le culte souverain qui n'appartient qu'à Dieu. [ble,
    Pour nous, qu'en ce moment un saint devoir rassem-
Qui n'avons qu'un esprit, qu'une pensée ensemble,
C'est le jour de crier de la voix et du cœur :
« Honneur, gloire à la Corse ! et vive l'Empereur ! »

Bastia, 9 juin 1854.

L'ARRIVÉE EN CORSE.

On nous disait : quoi! vous allez en Corse!
O mes amis, que je plains votre sort!
Ses habitants n'ont d'humain que l'écorce;
On n'y connaît que le droit du plus fort,
Là, le stylet est l'arme favorite;
A s'en servir on s'exerce beaucoup;
Et le soldat parfois, dans sa guérite,
Se sent frapper, sans voir d'où vient le coup.

Que ferez-vous, dans ces forêts sans bornes,
Quand vous verrez se dresser sur vos pas
Ces hommes noirs qui, s'ils avaient des cornes,
Ressembleraient aux diables de là bas?
Quand, à vos yeux fesant briller leurs armes,
Ils vous diront : Voisin, chacun chez soi !
Si l'existence a pour vous quelques charmes,
Démdnageons, car vous êtes chez moi !

Et, méprisant ce funeste présage;
Je suis venu, j'ai vu, j'ai pesé tout;
Et j'ai trouvé bon accueil, bon visage,
Cœurs confiants et bras ouverts partout.
Et ces bandits que l'on prétend sans nombre,
Qui sont toujours au bord du grand chemin,
Fesant le guet ou se glissant dans l'ombre,
Je n'en ai vu pas plus que sur la main.

Bien plus, amis, et vous m'en pouvez croire,
Dans ces lieux peints de si tristes couleurs,
La porte ouverte et sans fermer l'armoire,

On peut dormir, sans crainte des voleurs.
Dans vos cités de politesse exquise,
Où tant de bras vous protègent pourtant,
Qui d'entre vous, parlez avec franchise,
Qui d'entre vous en voudrait faire autant ?

Pour moi, je veux enfin, bornant ma course,
Planter ici ma tente de colon,
Sous la colline, et non loin de la source
Qui désaltère et baigne le vallon.
Et si le ciel me donne assez de force,
Assez de jours, de verve et de santé,
Je deviendrai le chantre de la Corse,
Pour lui payer son hospitalité.

Je chanterai ses sites pittoresques,
Ses flancs lavés par une mer d'azur,
Ses monts hardis, ses forêts gigantesques,
Son doux climat et son ciel toujours pur.
Je chanterai cette fertile terre
Que Dieu sema des plus riches produits,
Et ses bosquets, délicieux parterre,
Toujours parés ou de fleurs ou de fruits.

Je chanterai cette race indomptable
D'où la vertu jamais ne s'exila;
Où si parfois la haine est implacable
Jamais du moins l'amitié ne trompa.
Et s'il se lève un vent qui me seconde,
Les émigrants, par bataillons épais
Au lieu d'aller mourir au bout du monde,
Viendront ici vivre et jouir en paix.

Bastia, 21 mai 1854.

LE PÊCHEUR DE BASTIA.

I.

Le jour s'éteint, la nuit arrive ;
Voyez-vous ces frêles canots ,
Qui se détachent de la rive
Pour s'aller perdre sur les eaux ?
A l'heure où toute créature ,
Pour obéir à la nature,
Recherche le calme du port,
Pourquoi vont-ils , loin de la plage,
Chercher l'insomnie et l'orage ,
    Et peut-être la mort?

Ce sont des pêcheurs intrépides ,
Qui profitent d'un temps brumeux ,
Pour traîner leurs filets rapides
Au milieu des flots écumeux.
Le jour, quand la mer étincelle,
La présence de la nacelle
Fait fuir les poissons à l'entour ;
Mais la nuit ils viennent sans nombre
Dans les filets cachés par l'ombre,
    Se perdre sans retour.

Si tout-à-coup l'humide plaine
Se hérissait avec horreur ,
Le pêcheur sans doute avec peine
Résisterait à sa fureur.
Mais sitôt que le ciel s'enflamme,
Ses petits enfants et sa femme

Devant Dieu répandent leur cœur ;
Et celui dont la main puissante
Commande à la mer mugissante
Écoute leur douleur.

II.

On dit pourtant , et cette histoire
Ne semble pas bien vieille encor,
On dit que Pamelli, par une nuit très-noire,
Malgré tous les conseils, voulut sortir du port.
Il n'avait que vingt ans : sa jeune fiancée,
Embrassait ses genoux : « La vague est courroucée,
» L'éclair luit, disait-elle, et le ciel est en feu ;
    » Près de moi reste , au nom de Dieu ! »

Il était pauvre.... à sa future
Il voulait montrer son amour,
En mettant à ses pieds une belle parure,
Dont elle avait hélas ! besoin pour le grand jour.
Mais c'était son secret.... il s'élance, il s'embarque ;
De son bras vigoureux il fait voler sa barque ;
Le rivage s'enfuit avec rapidité.....
    Le voilà dans l'immensité !

III.

    Mais bientôt l'orage
    Gronde avec fureur ;
    Les flots pleins de rage
    Bouillonnent d'horreur.
    Les vagues émues
    Montent vers les nues
    Leur livrer combat ;
    Et le ciel lui-même

Dans ce trouble extrême
Se fond et s'abat.

Pamelli se voyant en butte
A des coups aussi véhéments,
Contre l'assaut des éléments
Soutient le choc, résiste et lutte.
Déjà par un suprême effort
Il reprend le chemin du port,
Et tournant la proue au rivage,
Vole sur les flots écumants
Qui, comme des coteaux fumants,
Se soulèvent sur son passage.

Tout à coup un bruit effroyable
Tonne au milieu de mille éclairs;
Une trombe parcourt les airs
Avec un fracas incroyable.
Aussitôt les flots éperdus,
Montent et courent suspendus,
Vers le monstre qui les attire;
Et lui, roulant en tourbillons,
Coupe la mer d'affreux sillons
Et lui fait subir le martyr.

Comme le vent chasse une plume.
Au temps où les blés ont pâli;
La trombe aspire Pamelli
Au milieu de flocons d'écume,
Le meurtrit, le broie et le tord
Comme le boa contrictor
Qui vient de saisir sa victime;
Puis enfin, lorsque sa fureur

En a fait un objet d'horreur,
Elle le jette dans l'abîme.

IV.

Que cette nuit fut longue à la pauvre Louise !
Échevelée et seule au portail d'une église,
Tandis que tout dormait, elle fondait en pleurs,
Et fatiguait le ciel du cri de ses douleurs.
Inutiles efforts....! lorsque parut l'aurore
La pauvrette veillait, pleurait, priait encore ;
Et debout sur la grève interrogeait les vents,
Ou sondait du regard les abîmes mouvants.

Pendant tout un long mois, la pauvre créature,
On la vit sur la plage errer à l'aventure,
Appelant son époux et maudissant les mers.
Chacun en l'entendant versait des pleurs amers.

Un jour, elle apparut, la chevelure ornée
Du voile qui devait servir à l'hyménée :
Belle de ses atours, moins que de ses attraits,
Elle avait retrouvé tout l'éclat de ses traits ;
Mais comme un marbre froid elle fut sans parole.
On secouait la tête, en disant : *Elle est folle !*
Et, touché de pitié, chacun doublait le pas.

Au retour du soleil, elle ne parut pas....

A quelque temps de là, par une nuit profonde,
Des pêcheurs effrayés la sortirent de l'onde.

Bastia, 24 mai 1854.

MON BALCON A BASTIA.

Épître à MM. Feyen, peintres.

Peintre de la nature, à travers mille obstacles,
Tu vas de tous côtés chercher de grands spectacles,
Pour attirer sur toi les regards du Salon :
Ami, viens donc un jour t'asseoir à mon balcon.
De là, j'ai sur la tête un ciel toujours limpide ;
Je vois l'immensité de la plaine liquide :
Pianose au levant se hérisse de monts,
Et paraît se bercer comme un vaste trois-ponts ;
A gauche est Caprara, dont les égales cimes
S'allongent mollement au dessus des abîmes ;
Et plus loin l'île d'Elbe, assise entre les deux,
S'arrondit en un arc tangent au plan des cieux.
Même, par un beau jour, si tu n'es pas myope,
Ou que tu sois pourvu du moindre télescope,
Tu pourras te donner, sans peur du mauvais temps,
Le plaisir d'une course aux rivages toscans.
A mes pieds, mon balcon est au troisième étage,
Un peuple de pêcheurs s'agite sur la plage,
Et, du matin au soir, un groupe de soldats
S'exerce et se prépare au grand jeu des combats.
J'aime à les voir, rompant leurs colonnes serrées,
Réunir en faisceau leurs piques acérées,
S'agiter, se mêler au moment de repos,
Pour échanger entr'eux quelques joyeux propos,
Et lancer dans les airs l'odorante fumée
Qui sort en tourbillons de leur pipe enflammée.

Guès (1), pendant ce temps-là, de son habile main,
A l'orchestre assemblé mesure le chemin,
Marche, pas redoublés, quadrille, symphonie,
S'élèvent jusqu'à nous dans des flots d'harmonie.
Sitôt que le tambour fait entendre sa voix,
J'aime à les voir courir, s'empresser à la fois,
Se heurter, se croiser dans tous les sens, et l'ordre
Sortir en un clin d'œil de ce profond désordre.
Debout au milieu d'eux, sur son grand piédestal,
Se dresse un marbre blanc, géant monumental ;
C'est, tu l'as deviné, l'image du grand Homme ;
Il domine la mer et se tourne vers Rome.
On dirait qu'il se plaît encore après sa mort
A ce grand jeu d'échecs qu'il chérissait si fort,
Et que de ses regards sortent de vives flammes,
Qui, comme aux temps passés, électrisent les âmes.
  Que je voudrais te voir, lorsque dans le lointain
Se livre sur les eaux le combat du matin ;
Que la nuit, déchirée ainsi qu'un voile sombre,
Replie à l'Occident les lambeaux de son ombre,
Tandis que son vainqueur, comme un grand globe d'or,
Colore l'Orient, monte et prend son essor !
Que je voudrais te voir, d'une main énergique,
Prendre au vol et fixer cette scène magique,
Sans oublier la mer où, comme en un miroir,
L'astre coquet du jour aime tant à se voir !
Gigantesque foyer où sa chaleur rassemble,
Pour le tourment des yeux, tous ses rayons ensemble!
  En avant du tableau, le stupide goëland

(1) M. Guès, chef de musique très distingué au 10e régiment
d'infanterie légère.

Flagellerait les airs de son vol nonchalant,
Tandis qu'un bataillon d'agiles hirondelles
Tremperait dans les flots la plume de ses ailes.
    Que te dirai-je encor ? Tes faciles pinceaux
Pourront de cent pays crayonner les vaisseaux,
Différents par le nom, l'équipage et la forme ;
L'un svelte et gracieux , l'autre massif, énorme ;
L'un, parti de Stamboul , offrirait à tes yeux
Ses lourds mats élevant leurs sommets vers les cieux ;
L'autre, enfant de New-York ou bien de l'Angleterre,
Fatiguerait tes doigts par sa course légère :
Celui-ci compterait sur la voile et le vent ;
Celui-là t'offrirait un Vésuve mouvant ,
Qui , porté sur les eaux par des mains inconnues ,
Vomit, sans s'épuiser, son âme vers les nues.
Fatigué de la mer et de son mouvement ;
Si tu veux revenir sur le ferme élément ,
Laisse errer ton regard , où la côte s'élève ,
Pas à pas , vers le Nord : tu verras sur la grève
Les restes de vingt tours que, dit-on, de leurs mains
Bâtirent autrefois les conquérants Romains :
Et si ton œil pouvait faire le tour de l'île ,
Au lieu de vingt, peut-être il en compterait mille.
Quel fut jadis l'objet de ces constructions ?
Étaient-elles signaux , phares ou bastions ,
Placés en sentinelle à chaque promontoire ?
Un peu plus tard , ami , je t'en ferai l'histoire.
    Saute le mur : voici l'olivier toujours vert ,
L'odorant citronnier qui vient à ciel ouvert ;
L'oranger, parsemé de pommes précieuses ,
Et l'amandier couvert de noix délicieuses.
Au milieu des rochers , aperçois-tu ces fleurs

Qui brillent au soleil de si vives couleurs?
On dirait des sapins, à leur taille, à leurs masses.
Eh bien! le croirais-tu? ce sont ces plantes grasses,
Qui, malgré tous vos soins et vos efforts jaloux,
Dans un tout petit pot sont à l'aise chez vous!
  Comment, Parisien, cet animal agile
Qui, de nos jours encor, comme au temps de Virgile,
Quitte la crèche pleine, afin d'aller chercher
Un brin d'herbe flétrie au sommet d'un rocher,
Tu ne le connais pas!... son mari sous la lèvre
Porte une longue barbe... Eh! parbleu! c'est la chèvre.
  Laisse tomber tes yeux, juste sous le balcon.
Vois-tu ces grands gaillards dont l'un vide un flacon
D'eau pure, qui, de loin venant chercher sa bouche,
Fait prendre à son menton quelquefois une douche;
Dont un autre, plongé dans un heureux sommeil,
Se rôtit et se fond aux rayons du soleil,
Tandis que leurs voisins, accroupis sur l'ouvrage,
Font, à coups de marteau, trembler le voisinage?
Artistes chaudronniers, et maîtres dans leur art,
Ils viennent d'Italie et font un type à part,
Digne de l'intérêt du peintre et du poète.
Hommes laborieux, d'énergie et de tête,
Au point du jour, chargés de pénibles fardeaux,
Qu'un mulet porterait à peine sur son dos,
Ils sortent en chantant de l'étable commune,
Et vont de tous côtés, de commune en commune,
De maison en maison, demander du travail:
Leur sac contient du pain, plus une gousse d'ail.
Le soir, le corps penché sur un bâton de saule,
Brisés, n'en pouvant plus, et meurtris sur l'épaule,
De tous les coins de rue, ils viennent où tu vois

Se réunir dix , douze , et trente quelquefois.
Il s'agit de souper. — On dit et , j'imagine,
Cela nous vient des Grecs , que le chef de cuisine
Le plus fort, le meilleur et le plus consommé
Est celui qu'*Appétit* en France on a nommé :
Tu vas en décider. — Quand tous ont pris leur place,
Le pourvoyeur, des flancs d'une antique besace,
Vide à terre des pains, noirs comme des charbons ,
Perdus dans la salade et les bottes d'oignons.
Ne vas pas rechercher, parmi tout ce feuillage,
Le lard traditionnel , le rôti , le fromage ;
Je les cherchais aussi comme toi : mais envain.
Chacun prend ses oignons, sa salade et son pain,
Commence par un bout, et, facile convive ,
Broute, dévore tout, et d'une dent active ;
Sans vinaigre, sans sel, sans huile, exactement
Comme font le lapin , la chèvre et la jument !

    Quelquefois, il est vrai, tandis que sur la place,
La jeunesse à grand bruit s'égaie et se délasse,
Je vois les deux Nestors, à la fin du régal,
Doucement s'esquiver, et, d'un pas inégal,
Tout en philosophant, passer sous ma fenêtre,
Se glisser tout le long du mur et disparaître..

    Je soupçonne qu'ils vont chez le marchand voisin,
Arroser leurs oignons de quelques doigts de vin.

    Conviens-en , mon ami, la recette est facile.
Tu peux en faire part , si tu le crois utile ,
A ce restaurateur qui, près du carrefour,
A l'honneur de t'offrir à dîner chaque jour.

    Mais on sonne : adieu donc ! Pour ton pinceau fidèle,
Viens, la moisson en Corse est abondante et belle.

Bastia, 4 juin 1854.

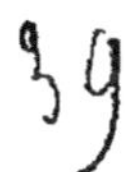

AVIS.

Surpris par la circonstance, pour nous imprévue, de l'inauguration de la statue de Napoléon Ier, nous avons voulu contribuer à cette solennité en publiant, avec quelques autres morceaux, celui que nous avons à la hâte composé pour elle.

Nous donnerons prochainement la suite de nos Poésies Corses.

G. F.

www.ingramcontent.com/pod-product-compliance
Lightning Source LLC
Chambersburg PA
CBHW060744180626
46819CB00001B/87